KB092227

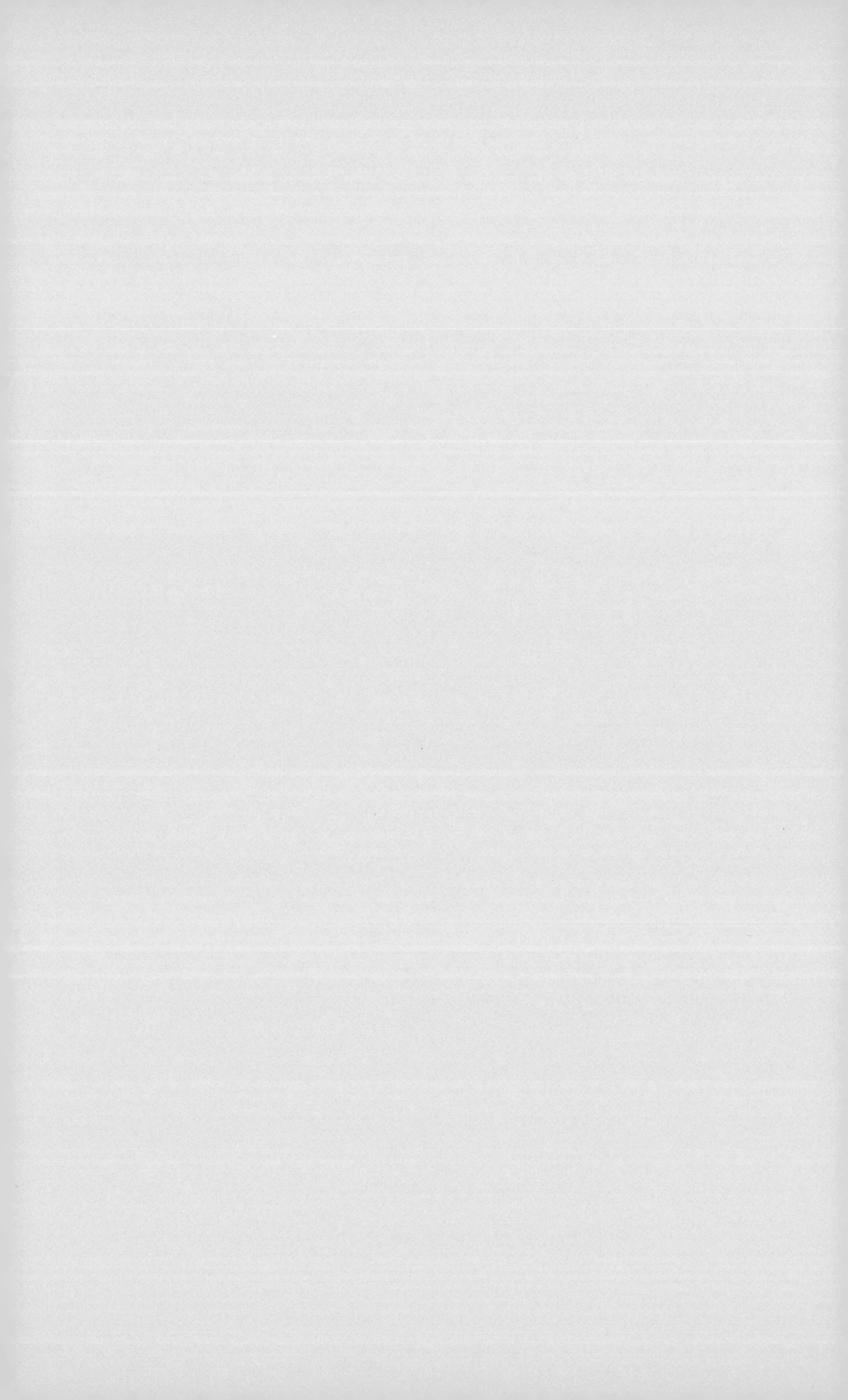

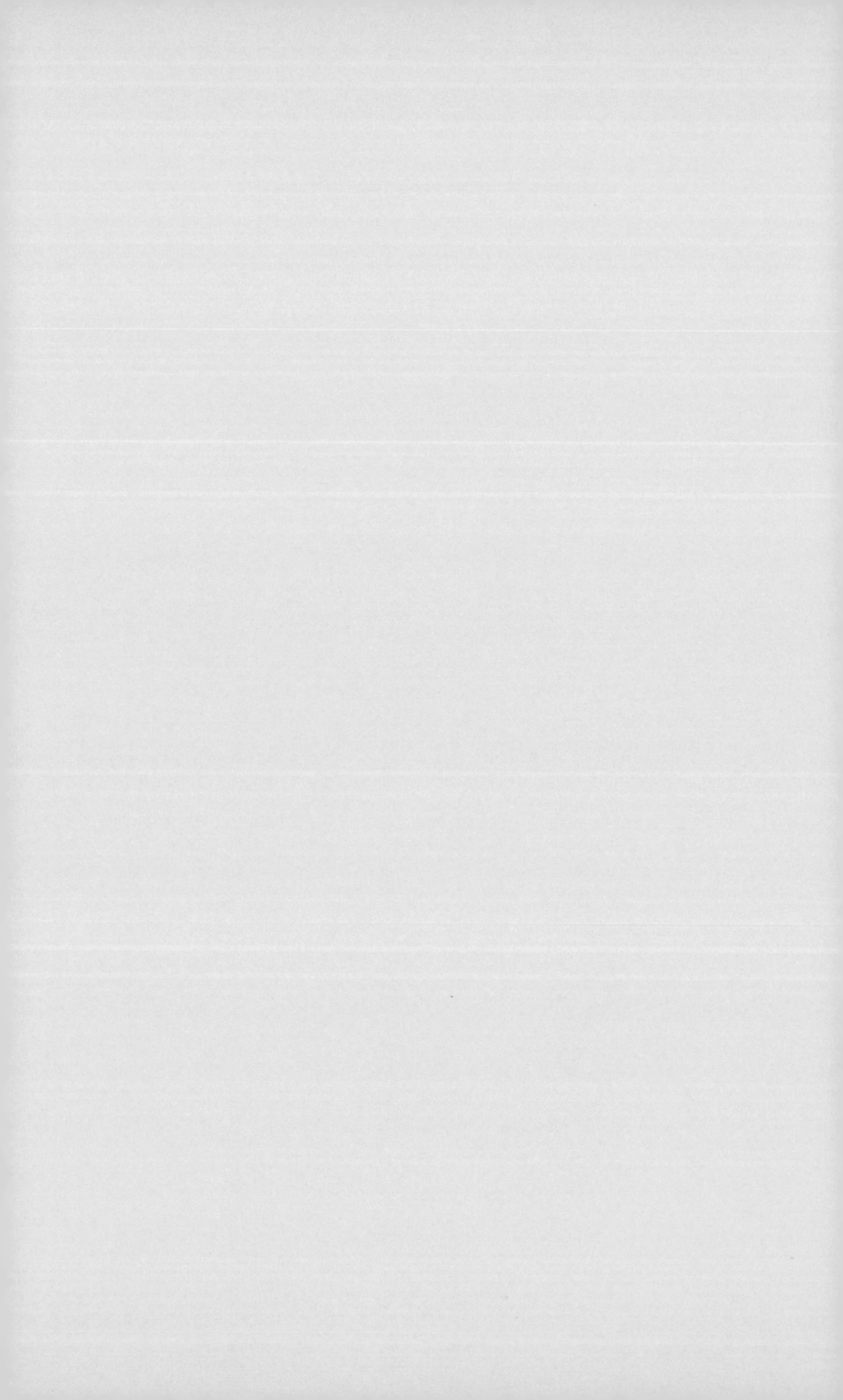

김화영 시집

추억을 키우는 시인 김화영

시인은 한 그루의 나무를 심는다. 나무가 자라서 열매를 맺으려면 그만큼의 손질이 필요하듯 시인은 이제 평생 가꾸어온 나무에 매달린 열매를 주변의 지인과 무서운 독자 앞에 “발자국에 담긴 추억”이라는 좌판을 펴고, 시인이 빚어 놓은 결과물로 손님을 기다리는 노점상이 되었다.

김화영 시인이 심어놓은 나무에 매달린 시를 가만히 들여다보면 우리가 살면서 겪어야만 했던, 또는 필연적으로 만남에서 느껴야만 했던 사랑, 이별, 슬픔, 행복 등을 시인은 주렁주렁 엮어놓았다. 어떻게 이야기를 만들어내야 하는 것에 고민하지 않는 듯 주변의 모든 것이 작품의 소재가 되고 시인의 자유로운 상상력으로 시를 노래하며, 인간의 삶에서 주는 무게감을 시적으로 표현함으로써 시인은 세상에 자신을 보여 주고 있다.

타국의 외로움을 문학의 꽃이라 할 수 있는 시문학〈詩文學〉으로써 달래였을 김화영 시인은 자아와 심리적 이미저리〈imagery〉를 적절히 활용하여 완성도 높은 작품을 선보이고 있다. 그러기에 김화영 시인의 작품은 쉽게 읽히면서 그 뜻은 생각할수록 의미가 달라지는 행간들을 지니고 있다. 쉽게 읽고자 하는 이에게는 쉬운 글로, 의미 있게 읽고자 하는 이에게는 그 의미가 읽을 때마다 달라질 수 있는 감성적이면서도 섬세하고, 때로는 강한 느낌을 주고 있는 김화영 시인의 시집 “발자국에 담긴 추억”을 추천할 수 있어 기쁜 마음이다.

사단법인 창작문학예술인협의회 이사장 김락호

QR 코드

제목 : 고향은 언제나 봄날

시낭송 : 최명자

제목 : 삶

시낭송 : 설연화

스마트폰으로 QR 코드를 스캔하면
시낭송을 감상할 수 있습니다.

목차

목차

목차

목차

황혼

굽이쳐 돌아 걷는
고난에 찬
인생 여정의
무거운 발자취에
오롯이 피어나는
노을빛 꿈들을

한 뜸 한 뜸
아름다운 자수(刺繡) 놓아본다

생각조차 하기 싫은
아픈 추억도
빨간색 색실로 수(繡)놓으며
행여 잊은 추억은 없는지
되짚고 되짚으며
그리움도 채워 넣는다.

벗과 함께

벗님 찾아
벗과 함께

한잔 술 기울이니

채우는 잔마다
기쁨이 넘쳐나고

비우는 잔마다
추억이 흐르네

초순 배(初旬 杯)는
동심 배(童心 杯)

중순 배(中旬 杯)는
꽃동산

가랑비에
옷 젖듯
취기도 향기로워라.

자아도취

포근히 감싸 드는 음률과
한잔 술에 담아보는 여유에
세상사에 찌들 린
나의 목을 축여놓고

구름 타고 선율 타고
너울너울 춤추며
세상일일랑
잠시 접어 잊었노라

영혼을 잠 깨우는
지금 이 순간
내 안의 나를
떨쳐 버리고
세상사
잔걱정일랑 미뤄두자

환희 속에 취하여
이대로 만끽하자
어디로 갈지도
어떻게 갈지도
생각지 말자

그저 이 순간만큼만
행복하면 되는 것을!

가는 해 오는 세월

가는 해 가풀막 앞 인생의 어슬막 길
세월은 다시 오고 지는 꽃도 또 피건만
가버린 피 끓던 혈기 어디 가서 숨었나!

시간의 흐름 앞에 맴도는 아쉬움이
지나간 추억 속에 주렁주렁 매달리고
가슴은 그 시절처럼 창연한 빛 여무는데

육신은 옛과 달라 가쁜 숨 모으지만
오는 해 다시 맞는 살아있는 기쁨으로
영혼 속 환희로 움이 삶의 입맛 돋우네

---

*가풀막: 몹시 비탈진 땅바닥.
*어슬막: '어스름'의 방언.

갓밝이

나만을 위해 주님이
자수(刺繡) 놓아주신

미지(未知)의 꽃길로
오늘을 나서는

갓밝이!

어떤 기쁨을
숨겨놓으셨을까

내딛는 발걸음
돋을 볕을 기다리는

해맞이 마음!

거울

거울 속에 비취는
나의 모습 속에서
당당 거리며 달려온
조급한 삶의
찌든 때가 보이고

세월이 할퀴고 간
상흔(傷痕) 사이 사이에서
긴 시간의 여행
추억을 읽는다.

기쁨과 슬픔의
모든 기억이
되돌이표 되어
까마득한 세월을
되돌려 놓고

입가에 피어나는
서러운 웃음꽃은
연민(憐憫)의 눈물 되어
마음속을 적신다.

고독

그 사람

함께 있어도
언제나 혼자

그대가

옆에 누워도
스미는 고독

두 줄 철로가
합치지 못해

각자 한 줄씩
외로운 여로(旅路)

석양 노을 속
못 잡은 손(手) 둘

깊은 가슴에
쌓이는 번민(煩悶)

나와 함께 가야 할
그림자 같은 외로움!

고장 난 신호등

마음속에 꿈틀대는
욕망의 운무(雲霧)

빨강 신호등 켜진 것 보고도
지긋이 눈감고 지나가 버리고

주위 살피라는 노란색
파란불로 생각하며
거침없이 가는 인생

파란색 불빛 보고
걸음 멈추는

복잡한 인생길
사거리에서

스산한 가슴속
고장 난 신호등!

고향산천

신록의 푸른 오월은
망향의 가슴속을 물들이고

꿈속에서도 그리운
잊지 못할 산천이어라.

굽이굽이 이어진
길 따라 올라가면

하늘과 맞닿은
바로 그곳이

나 살던 곳!

길가에 살구꽃
나를 반기며 활짝 웃네!

고향은 언제나 봄날

타임머신을 타고
종종 찾는 고향은

언제나 봄날!

어릴 적 모습들
오롯이 남아있는 그곳은

생과 사의 구별 없이
만나는 벗들과

혈육의 끈끈한 그리움이
담뿍 젖어 있는 곳

수 없이 퍼 올려봐도
마르지 않는 감로수(甘露水)

긴 세월 흘렀건만
아직도 넘쳐 흐르고

보듬어 마셔보는
추억의 향수(鄕愁) 한잔

꿈인 듯 생시인 듯
그리움이 맺히네!

제목 : 고향은 언제나 봄날
시낭송 : 최명자
스마트폰으로 QR 코드를 스캔하면
시낭송을 감상할 수 있습니다.

고향은

고향은 태어나 자라던 곳
고향 그 속에 꿈과 희망이
장성하고 생을 마칠 때까지
못 잊어 그리워하는 그곳!

고향을 그리는 그 마음속에는
조부모님 부모님 그리운 형제
사랑했던 죽마고우들

세상에 계시지 않는
그분들과도
언제나 해후하여
대화할 수 있음에
더더욱 사랑스럽고 그리운 그곳!

머나먼 곳 그리움을
가슴에 묻고서
고향 생각에 잠기면

나의 영은 그곳의
골목 골목을 더듬고 있네!

그래도 너는 효자야

구름 한 점 없는 쾌청한 오후 아무도 찾지 않는 간이 의자에 앉아 높은 하늘을 우러르며
너를 생각했다. 지금껏 살아오면서 너한테 기대지 않고 스스로 살고 있음은 아마도
너의 효심이 아닐까 생각에 잠겼단다. 네가 돈을 잘 벌어서 부족함 없이 나를 봉양했다면 게으른 나는 벌써 건강을 잃고 말았겠지! 어김없이 반복되는 나의 일상에서 무언가 급하지 않고서는 좀처럼 하기 어려운 노구의 게으름을 여명부터 다그치고, 일터로 향하는 그 생활이 네가 나에게 보낸 사랑의 메시지인 것을 늦게나마 깨닫고 고맙게 여긴다.

괴로움을 기쁨으로

주님께 울며 보채던
고개 숙일 줄 모르는
욕망의 덫에 걸려

새파란 어린 사과밭에서
농익은 사과를 달라고

투정을 통하여

조급함을 못 참는
연약한 마음은

언제나 불만과 슬픔만
가득 차고

기다림을 즐거움으로
마음속에 품으면

소망의 웃음꽃이
피어난다는

저에게 내려주신
주님 말씀

미완의 덩어리들
해결되지 않았지만

이룰 수 있는
그 날의 바램으로

고통과 환난을
기쁨으로 승화시켜

소망의 탐스러운
꽃송이로 피우리!

그립다 말하면

그립다 말하면
허공에 흩어지는

지나버린 추억들이
밤하늘에 별을 세고

만길 머나먼 타국 땅에서
흐르는 맑은 눈물은

애향(愛鄕)의 샘물이어라

고향이나 여기나
밤은 같은데

눈감고도 갈 수 있는 그곳은
오직 고향뿐!

뒷동산 소나무
아름 재보고

알밤 줍던 다람쥐
다시 보고 싶어

연초록 그리움은
서럽습니다.

길잡이

태평양 한가운데
자그만 조각배

어디로 가야 하나
방향 잡지 못하고

파도에 휩쓸려
이리저리 떠도네

노 저어 가야 할
목적지가 없으니

바람불면 부는 대로
파도치면 치는 대로

난파 직전 조각배
구해줄 이 누구일까

길 잃고 헤매는
불쌍한 저 사람

그도 우리와
같은 형젠데!

기도

새벽 다섯 시
매일 반복되는
어김없는 일상의 아침

우리 부부
꼭 포옹한 채
언제나 드리는 짧은 기도

집안의 화평과 안녕을
오늘 하루도 주님께 맡기는
소박한 기도의 여운 속에서

미운 정 고운 사랑
안개처럼 피어나
서로의 마음속을 휘감고

쉬는 숨결이 잔물결의 파장처럼
피부에 스미어
살아 있음에 감사를 드리는

감은 두 눈에 맺히는 이슬
사랑과 은혜로 보내주신
기쁨의 투명한 은빛 방울!

돌이켜보면 모두가
감사뿐인 나의 삶

새벽을 여는 발걸음
작업화 끈 조여 매고

하루의 환희를 맞으러 간다.

꿈길

첩첩산중 두메산골
고즈넉한 뒷동산
아지랑이 품에 안겨
웃음 짓던 진달래꽃

잎도 피기 전
무엇이 그리 급해
연분홍 봉오리를
헤집고 피웠을까

찾아오는 벌 나비
미우나 고우나
활짝 가슴 열어 수줍게 반기며
속살 부끄러워 붉어진 그 얼굴

세찬 비. 바람에 꽃잎 모두 잃고서
한 잎 두 잎 돋아나온 가냘픈 이파리가
꿈도 펼치기 전 겨울이 왔네!

발가벗은 진달래 엄동설한 속에서
잃지 않은 소망의 꿈
가지 끝에 달아놓고
꽃피울 봄만을 말없이 기다리네!

나는 외롭지 않네

믿음의 동역자 형제님들의
보살핌의 은혜 속에서
넓고 깊은 사랑의 합창으로
나를 보호해 주시니

앉으나 서나
나는 외롭지 않네!
황막한 바람이
휩쓸고 지나간 날이면
아물지 않은 상처 때문에
얼마나 많은 날들을
홀로 고뇌하고
외로워했던가!

그러나 이젠
외롭지 않네!
사랑은 오직
사랑으로만 자라는 것
형제님들의
뿌리 깊은 사랑으로
메마른 이 가슴속에
사랑이 보이기 시작하네!
샬 롬! 샬롬! 샬롬!

능수버들

높은 곳을 염원하며
모두 저렇게 오르는데

아래로 늘어지는
버들가지

작은 바람의 숨결에도
현란이 흔드는 몸부림

요염한 여인의 허리처럼
몸만 대면 휘감아 안길 듯

가신임 못 잊어
긴 머리 풀고 흐느끼듯

봄을 부르는 녹색 향연
연초록 가지의 출렁임

언제나 밑을 보며
낮은 곳을 살펴도

어느새 너의 몸통은
하늘 향해 오르고

곱고 고운 삶의 향기
봄바람에 가득해!

덧셈과 뺄셈법

초등학교 일 학년
10 더하기 1은
열하나!

10에서 하나 빼면
아홉이 남는 것도

어릴 적 셈법

세상의 파고에
시달리면서

10에서 하나 빼면
완전 제로!

10에서 곱을 받아도
여전히 10

높고 크신 주님 사랑
어쩌다 고통 오면

그동안 받은 은혜
제로 셈법으로

무거운 짐 홀로 졌던
어리석은 나였기에!

나는 지금 행복을 만드는 중

어디에 있나 행복은
어느 누가 주는 것도

돈을 주고도 못 사고
거저 얻을 수도 없는

행복과 불행은
마음속에 공존하는 것

열 개 가진 사람
하나 더 갈망하면

불행으로 기울고

두 개 가진 사람
그것으로 감사하면

행복이 손짓하지

마주치는 이웃들
모두 고운 사람 아닌데

미운 사람 곱게 보며
사랑으로 보듬으면

다이돌핀 넘쳐흘러
행복의 문 열리네

어렵고 괴로운 모든 일
행복의 전주곡이라
확신하고 있다면

순종으로 감내하며
견디지 못할 사람

어디 있으랴!

업보

암흑의 깊은 동굴 속
마음이 그곳에 있네!

아무리 나오려고
몸부림쳐서
가고 또 뛰어봐도
사방은 캄캄한 절벽!

윤회의 흐느낌을
피할 수 없는 것일까

전생의 모든 일은
알 수 없기에
업보로 받은 생의 길목
가혹하게 반복되는
시련 속에서

그래도 참아야 하나
더 긴 시간 버텨야 하나

인내의 젖줄이 끊긴 지
한참이었지만

혹여나 돌아올까
바보 같은 기다림이

동굴 속 가운데서
소망의 서성임으로
그래도 나를 위안하고
추스르는 버팀목 되어

소통의 웃음을 염원하며
지나버린 세월이
너무 아쉬워

순응해야 할까
거역해야 할까

갈림길 앞에서
망설여짐은

지금껏 기다림이
못내 끈끈해

떨치지 못하는
가련한 마음속

갈피 잡지 못하는
소망의 울부짖음

이리저리 맴돌며
갈 길 찾지 못하네

눈싸움

백설의 풍경이 보고 싶어
해마다 겨울이면
찾아가는 곳

*빅베어 스노우 벨리 스키장

젊은 시절 날렵하던 몸놀림
해가 갈수록 둔해지고

미끄러지는 속도에
몸 가누기 힘겹다

슬로프를 세 번 돌고
아들네 식구와 편을 갈라

눈싸움이 한창이다.

눈싸움하기에는
*떡눈이 제법인데

*눈설레 이리 오니
눈 뭉치기 힘이 든다

*허릅숭이 되지 말고
*도꼭지 되라고

눈 속에 마음 담아
힘 다해 던지면

요리조리 피하는
*윤똑똑이 식구들

포물선 그리면서
허공만 때리고 있다.

---

*Big Bear Snow Valley : 캘리포니아에 있는 스키장.
*떡눈: 물기를 머금어서 척척 들러붙는 눈송이.
*눈설레: 눈과 함께 찬 바람이 몰아치는 현상.
*허릅숭이: 일을 살답게 하지 못하는 사람을 얕잡아 이르는 말.
*도꼭지: 어떤 분야에서 으뜸가는 사람을 홀하게 이르는 말.
*윤똑똑이: 저 혼자만 잘나고 영악한 체하는 사람을 홀하게 이르는 말.

다듬어진 나무(Trim tree)의 절규

가지 키워 넓게 펴서
뜬구름도 만져보고
별 잡아 입 맞추며

불어오는 바람 타고
춤추고 싶은 마음

탐스럽고 향기로운
아름다운 꽃 피워

벌과 나비 함께 모여
짝짜꿍 놀고 싶어

정성 다해 기른 가지
피우려던 꽃봉오리

매정한 가위 손에
맺힌 꽃과 가지마다
무참하게 모두 잘려

내 눈에 맺힌 눈물
아픈 마음 아시는지!

내가 있던 그 자리
당신들 마음대로
이리저리 옮기어

뿌리 내려 살기 위해
몸부림의 고통 속에
헤매는 나날

당신들 우리의 삶
생각이나 했을까

당신들 보기 좋아
동그랗게 네모나게

이리저리 다듬고
흐뭇하게 웃는 모습

차라리 눈 감고
가슴으로 운답니다!

담쟁이

담 너머 세상이
그렇게도 그리워

죽을힘 다하여
담을 타고 오르는

가여운 담쟁이
너의 모습 속에서

연민의 쓰라린
가슴속에 멍울이

자그만 담녹색
네 꽃 되어 피었지!

안이나 밖이나
사는 것은 같은데

오르고, 오르고
또 오르려 발버둥

손바닥 발바닥
상처만이 남았네!

네 몸에 매달린
자줏빛 갈 열매는

그동안 이뤄온
아름다운 행복들

그 작은 행복에
감사하며 살기를……

당신께서는 행복하세요?

정신 차릴 틈도 없이
빠르게 변모하는
일상 속에서
당신께서는
행복을 느끼시나요?

삶의 어려운 짐에 눌려
저녁이 오면
피로에 지쳐 세상만사
내려놓고 싶진 않으신가요?

하는 일마다
걸림돌 투성이라
돌파구가 보이지 않는
캄캄한 동굴 속에서
좌절하고 계신가요?

얽히고설킨
인과 관계에서
미운 사람 때문에
마음에 상처가 남아 있나요?

잘나가는 사람을 볼 때마다
제자리걸음 하는
자신을 돌아보며
부러워한 적 있으신가요?

사노라면 세상의 일들이
절망과 고통 속인 것을
겉옷처럼 훨훨 벗어버리고
가뿐하게 살 수는 없을까요?

자신을 버리세요!
그리고
하나님을 의지하세요

자기 생각과 뜻대로는
하나도 이룰 수 없음은
삶을 통해 충분히 경험했지만

아직도 자신 속에 있는
나를 버리지 못해
고통과 괴로움 속에서
헤어나질 못하는 거 아닐까요?

한 치 앞도 보이지 않을 때
하나님께 무릎 꿇고 기도해 보세요.

이루고 싶은 꿈과 함께
고민하는 모든 일을
남김없이 그분께 아뢰며

꿇어 엎드린 무릎이
멍이 들고 피가 나도록

눈물 콧물 흘리며
있는 힘을 다해
목이 터져라
주님께 기도 드리면

주님의 크신 사랑이
감싸 주심을
체험하게 되고

채울 수 없는 빈 가슴속은
그분의 은혜로움으로
충만한 기쁨이
샘솟을 테니까요!

레미콘

시멘트와 모래 자갈
레미콘 통에 넣고

빙글빙글 돌려서
도로포장 현장에

남김없이 뱉어낸
시멘트의 혼합물

시간이 지나면서
차곡차곡 굳어져

돌보다 단단한
훤한 길 만들 듯

사랑과 격려 한 줌
용서와 배려 한 줌

가슴속 깊은 곳에
탁탁 털어 집어넣고

비리 빙빙 돌려서
세상을 포장하면

아름답게 꽃 피는
좋은 세상 올 거야!

대지(大地)

땅속 깊은 곳

마그마의 줄기와
지하수의 수맥이

속으로나 밖으로
핏줄처럼 얽히고

높은 곳 물은 흘러
바다로 합쳐지는

산과 땅 바다는
생물들의 서식지

멈춤 없이 움직이는
거대한 유기체(有機體)

어느 하나 버릴 것 없는
퍼즐의 짜임 같은

모토(母土)인 땅을 주신
하나님의 은혜에

시인은 시를 쓰며
감사함을 노래하리

에덴의 아름다움
세세 영원토록!

독수리

살아남자면
목숨을 건 사투

둘도 아닌
단 하나 부화해서

자활(自活)의 시기

자기 자식
부리에 물고

천길 높은 곳에서
떨어뜨리다!

날개 움직여
나르는 기술 익히면

살아남고

그렇지 못하면
떨어져 죽고 마는

서투른 날갯짓
자식을 보며

얼마나 가슴이
아팠을까!

죽을지
살아남을지

하늘에 맡기고

스스로 살아갈 길
찾아주는 그에게

야멸차고 차갑다고
누가 돌을 던지랴!

동행자

출렁이는 파도의 노여움처럼
험난한 인생 여정 장애물 속에
몇 번을 쓰러졌다. 일어나고

얄미운 육신의 기복(起伏) 감정
오욕(五慾)의 굴레에 덜미 잡혀
갈피 잡지 못하고 허덕이던 방황 길

칠정(七情)의 꾀임에 현혹되어
달콤한 맛에 끌려 독약인 줄 모르고
그 맛을 찾아 혼과 힘을 다해
앞만 보고 달렸던 철없던 시절!

오욕이 칠정을 부르고
칠정이 오욕을 붙들어
나약한 육신 깊은 구렁에 빠트려 놓고
혓바닥 날름대며 조롱하고 있을 때

함께 가는 동행자 내 등 토닥이며
지쳐 쓰러진 이 육신 일으켜 주셨네!

그 은은하고 밝은 사랑에 빛
얼어있던 가슴을 녹여주시고
파릇한 생명의 싹 심어주셨지

세상눈에 어두워 동행자를 몰랐어도
동행자는 외로운 채 항상 내 곁에
밝은 빛 찾을 때를 기다리셨지!

어차피 인생은 공수래(空手來) 공수거(空手去)
욕심껏 챙겨봤자 갈 때는 빈손인데
움켜쥔 두 주먹 활짝 펴고서
동행자의 밝은 빛 인도받아서
새 생명 받은 기쁨 실천으로 보은을!

들풀

나는 이름 없는 들풀
수많은 풀 중에

그중에 하나!

향기도 꽃도 없어
아무도 돌아보지 않아도

보내주신 생명력 하나로
찬미하며 살아가는

자연의 순응자

차가운 겨울 오면
손발 다 버리고

얼어붙은 흙 속에
작은 몸뚱이 웅크리고

봄이 오기만을 기다리는
이름 없는 들풀

미련

하늘 높은 줄 모르게
끓던 혈기

현란했던 꿈

긴긴 세월 조롱 속에 휩싸여
사슬에 묶인 죄수처럼

반항 한번 못한 채

오늘, 오늘, 또 오늘,
내일, 내일, 그리고 내일을 기다리며

향기 멎어 시들어가는
미련의 웃음꽃은

넓은 들판에 가득 피어 있지요!

마음(心)

무엇을 보든지
모른 체 돌아서는 무관심

가련하고 불쌍한 일
두 눈 감는 동정심

나를 알리는 일이라면
서슴없이 자행하는 선심

내 편 만들기 위하여
좋게 보이려는 얄팍한 환심

작심삼일도 못 가는
부질없는 결심

참을 찾는 믿음의
진정성을 의심

채우고 또
채우고 싶은 욕심

마음을 비워야지
비우고 싶은 양심

그 가운데
왔다 갔다 흔들리는 중심

내 마음 너무 미워
얼굴 붉어지는 한심(寒心)

물과 기름

한 그릇 안에
물과 기름

물은 밑
기름은 위에

공존하면서도
제각각

물과 기름 만나는 계면(界面)
심하게 흔들리면

누구의 것일까
가득찬 거품

무극성 물질
기름에 녹이면

기름은 밑에
물은 위에!

합쳐질 수 없는
물과 기름

계면 활성제
아직 찾지 못하여

물과 기름
무언의 공존 중!

밝은 빛 고운 사랑

사랑과 관용과
이해와 용서는

마음을 비워야
피어나는 꽃송이

자신의 몸을 태우지 않고서는
빛을 발할 수 없는

촛불처럼

자신부터 뜨거워야
타인에게 전달되는

사랑의 전도체

뜨겁다가 식기를
하루에도 몇 번씩

나에겐 아직도
험난한 여로!

백일홍

나무 끝 가지마다
연분홍 수줍음이
터질 듯 맺혀 있는
열일곱 소녀 사랑
고요히 향기 피우며
다소곳이 피었네

영롱한 햇빛마저
축복해 비추는데
벌 나비 부러운 듯
꽃 속에 잠이 들고
바람이 살랑대면서
꽃 주위를 맴돌면

그 옛날 첫사랑의
그 모습 그리워서
가슴속 깊은 곳에
새겨진 사랑 향기
지금도 또렷이 남아
가슴속을 적시네!

보약

떠 있는 *솔개그늘
흐른 땀 식혀 주고

불어오는 *마파람
옷 속으로 파고들어

품속에 안기면서
사랑하자 속삭이네

날아가던 *수리매가
점심시간 일러줘

푸른 잔디 방석 삼아
도시락을 펼쳤네

아내가 준비해준
흰쌀 밥과 육개장

한 그릇 먹고 나니
산삼보다 더 좋고

아내 사랑 담뿍 든
최상급 녹용일세!

---

*솔개그늘 : 아주 작게 지는 구름의 그늘.
*마파람 : 남쪽 또는 앞쪽에서 불어오는 바람.
*수리매 : 맹금류의 일종.

사는 게 별거더냐

사는 게 별거더냐 내 팔자 남 못 주니
운명이 정한 일들 다소 곳 순응하며
스스로 행복을 찾아 굽히면서 살게나

꿈들은 많겠으나 이루지 못하는 꿈
이룰 수 있다 해도 눈 깜빡할 사이에
욕심은 또 다른 꿈을 이루려고 설치네

오호라 우리 인생 욕심을 내려놓고
있으면 있는 대로 없으면 없는 대로
이 세상 가는 날까지 웃으면서 사세나

괴로운 일들일랑 기쁨을 생각하며
시간이 흘러가면 자연히 해결되니
어렵다 생각지 말고 참으면서 사세나

비 오고 구름 껴도 맑은 날 찾아오고
바람이 쌩쌩 부는 한겨울 지나가면
산야에 오색 꽃피는 봄은 다시 온다네!

모든 일 긍정으로 하루를 살다 보면
쌓이는 웃음꽃이 불행을 없애주니
살 동안 행복 속에서 여유작작 사세나

사랑 향기

꽃들은 색깔과 향기로
벌 나비 부르지만

백합 향 장미가 낼 수 없고
장미 향 백합이 낼 수 없듯

순종으로 숙성된
그윽한 삶의 모습

사랑 속에 피어나는
믿는 이의 독특한 향기

바람은 예전처럼
변함없이 부는데

은은히 퍼지는 그 향
좀처럼 맡아보기 힘들다

두 발 딛고 서 있는 이곳
시작점이자 땅끝

말씀으로 생성된
고운 자태(姿態)에 끌려

말 없어도
스스로 찾게 하는

아름다운 그 모습이
믿는 자의 덕목(德目)!

사랑

마니아 사랑과
에로스의 사랑 속에
꿈틀대는 그것들은
로맨틱으로 치닫고

가슴 울리고
그리움 몰아
태운 잿더미

회색 잿더미 속
남아있는 불씨는
플라토닉 사랑으로
마음 익히어

아가페 사랑받고
새싹이 돋네

세월이 흐를수록
바뀌는 사랑

세상이 뒤집히고
천지개벽한다 한들

아가페 사랑만은
영원하리니!

옛사랑의 소야곡

활화산의 분출구에서
뿜는 용암처럼
뜨거웠든 불길은

세월의 주름 틈새
잠잠히 숨어들고

어쩌다 생각나서
뒤져본 옛사랑

달콤한 맛 옛 같지 않고
짙던 향기 어디 갔나

세월 속에 부대낀 사랑
여울 따라 변했을까

반백 년 전 사랑의 눈에
끼어있던 콩깍지도

지나고 보면 부질없어
추억 속에 남을 뿐

어스름 달빛 아래
흐르는 환청 속
음색 바랜 세레나데!

삶

초롱 한 별빛을 바라보며
여명(黎明)의 안개가
걷히기도 전

묵상의 기도로
하루의 일과를 시작한다.

수도 없이 반복되는
하루이건만

새날이 올 때마다
작은 소망들을 앞세우고

허물어진 마음을
추슬러 보지만

일상(日常)이 시작되면
분노(憤怒)와 수치(羞恥)의 주변만을 맴돌고
욕망(慾望)의 구렁은 어디까지 일까?

소망을 염원하는 목마른 절규는
생의 위안만을 바라는
덧없는 기도

참이신 그 말씀을
눈으로만 익히는

아직도 내 안엔
내가 있으매

사랑의 아름다움을
어찌 입으로 말할 수 있을까!

제목 : 삶
시낭송 : 설연화
스마트폰으로 QR 코드를 스캔하면
시낭송을 감상할 수 있습니다.

새벽 출근길

새벽 다섯 시
고갯마루에서
내려다보면

눈이 모자라
담지 못하는
반짝이는
별들의 고향

그 속에
흐르는 은하

은하 적도를
가로질러
북쪽으로
큰곰자리

그 옆
작은곰자리의
북극성이 빛나고

길 따라
빛 뿜는 가로등
에리다누스(Eridanus)의 출렁임!

육십 번 고속도로
벌써 체증 오고

늘어선 차량 행렬
내뿜는 불빛이
별처럼 반짝이고

벽두부터
후끈거리는
삶에 열정들

게으른 내 마음
부끄럽게 만드네!

---

* 에리다누스(Eridanus)자리: 겨울철 남쪽 하늘의 오리온자리 리켈 근처에 있는 별자리.
큰 강을 연상하게 하는 길고 큰 성군의 연결.

생의 기쁨

하늘 바다가
머리 위에서 출렁이고

나뭇가지 끝마다
햇빛 받아 반짝이며
바람을 부르는

가냘픈 손길들이
하늘거리고

그 끝에서 춤추는
나의 작은 영혼이

기쁨과 감사함으로
두 손 모은다.

창조의 아름다움
신비의 세계를

남김없이 주시고

건강과 자유를
허락해 주시는

무의식 속에 흐르는
은혜의 감사함으로

벅찬 환희 속에서
이렇게 중얼거린다

보살펴 주심에
감사합니다

사랑해 주심에
고맙습니다.

홀로 영광
받으시옵소서……

세월

세월아 물렀거라 지금껏 너를 쫓다
*해 뜰 참 젊은 청춘 꿈결에 흘러가고
*해넘이 *찬바람 머리 *서리 가을 넘기네

할 일이 많았는데 그 일들 못 이루고
너에게 떠밀려온 인생길 *애옥살이
얄미운 너의 횡포로 *갈마드는 이 마음!

네 앞에 이제부터 이 몸이 앞장서서
가다가 힘이 들면 쉬었다 가고지고
*한 올진 벗과 만나서 얼싸안고 춤추며

물 맑은 냇가에서 몸담고 마음 담아
푸른 숲 맑은 공기 마음껏 마시면서
그 옛날 젊었던 시절 추억 속에 싸여서

내 너를 가로막고 못 가게 할 거니까
아무리 조급해도 그렇게 재촉 말고
세월아, 앞서지 말고 내 뒤따라 오너라

---

*해 뜰 참 : 해가 돋을 무렵.
*해넘이 : 해가 지평선이나 수평선 아래로 잠기는 때.
*찬바람 머리 : 아침저녁으로 찬바람이 불어오는 가을.
*서리 가을 : 서리가 내리는 늦가을.
*애옥살이 : 가난에 쪼들려 고생하며 사는 살림살이.
*한 올지다 : 사람의 관계가 마치 한 올의 실처럼 매우 가깝고 친밀하다.

소쩍새

밤은 깊어 칠흑인데
슬피 우는 소쩍새야

네가 그리 슬피 울면
내 가슴 찢어진다!

운다고 임 오시면
아니 울 리 없겠지만

울어도 흐느껴도
아니 오실 임인데

내 마음 너와 같아
가슴으로 운단다.

세 치 혀

입속에 틀어 앉은
세 치의 염라대왕

따뜻한 말 한마디
용기 얻어 살리고

아름다운 격려의 말
기운 얻어 새 삶 주며

비웃는 한마디 말
깊은 구렁 몰아넣고

생각 없이 뱉는 말
가슴속 멍들이며

해서는 안 될 말
심장에 못 박으니

의도적 악한 말
지옥으로 몰아넣고

무심코 던진 말
촌전 살인 저지르는

세 치 혀 염라대왕
희희낙락했을까?

그리움

함께 있어야
사랑이 살찌고
떨어져 있다고
잊히지 않겠지?

멀리 있으면서
그리움을 더하고
그토록 고왔던 사랑
훼손되지 않도록

시간과 공간 사이
사랑의 자수 놓아
무형의 사랑이
무언으로 전해지는

영혼 속에 맴도는
안타까운 기다림은
시간이 지날수록
가슴속에 쌓이겠지!

자식은 애물단지

어리나 크나 자식은 애물단지
결혼시켜 살림나면
끝나는 줄 알았더니

둘이서 티격태격 싸우는 그 꼴 보며
이혼한다. 각각 산다
툭하면 그런 소리

먹고 살기 힘겹다고
부모한테 손 벌리나
나 살기도 힘든 데 도와줄 돈은 없고

도와주지 않는다고
외면하는 그를 보며
가슴속 숯덩이만 가득하다

살얼음 위를 걸어가는
그들 보는 부모 마음
입안이 타도록 가슴이 조여진다

욕심을 더할수록
행복은 줄어들고
푼돈이 모여서 큰돈 됨을 망각하는
어리석고 못난 그들 무엇으로 바로잡나!

시어(詩漁)낚시

월척을 꿈꾸며
튼튼한 삼 봉 바늘
사색(思索)의 호수에
던져 놓고서

이제나저제나
기다리기 며칠간

그 흔하던 송사리들
입질조차 안 보이고
물 위에 떠 있는
찌의 한가함

잔챙이와 월척 모두
많은 수확 얻으려고
삼봉낚시 사용한
과욕의 탓일까

강태공은 바늘처럼
곧은 낚시 드리우고
명품을 기다리며
긴긴 세월 지나
진품을 낚았는데

고작 몇 날 애태움에
조급함을 나무라며
감았던 낚싯줄
다시 풀어 던져본다.

아리랑

하늘의 별들도 졸고 있는
여명(黎明)의 서성임 속

241번 고속도로
험준한 고개

자동차도 힘겨워
검은 연기 내뿜고

운전대 잡은 손엔
왠지 힘이 없었고

무섭게 짓누르는
외로움 덩이 깊은 곳

나도 모르게 부르는
그리운 노래 속에 젖어서

두 줄기 흐르는 눈물은
타국생활 고달픔에

절절히 메여오는
향수(鄕愁)의 염원일까

두고 온 강과 산
보고 싶은 사람들!

맺혀 흐르는 서러움 속에
목청껏 불러보는

목메는 아리랑!
목이 멘 아리랑!

어느 흑인 소녀의 죽음

하루에도 몇 번씩 오고 가는 고갯길
오 년 전 이곳에서 새벽 건강달리기 하다가
열아홉 살 꽃봉오리 피기도 전
달려오던 자동차에 무참히 깔려
널 풀어진 육신 남겨두고 영혼 혼자 별나라 갔네

사고로 간 딸 잊지 못해 비가 오나 바람 불어도
오 년이 지나도록 하루같이
매일매일 놓아두는 아름 장미꽃

그곳 못 잊어 아른거리는 소녀의 영혼
나풀거리다 장미꽃 닢에 입 맞추면서
흘리는 눈물은 이슬이 되어
함초롬히 장미를 적시고 있지

가로등에 비취는 장미꽃 다발
어제도 오늘도 변함이 없이
마음과 눈길을 멈추게 하네!

인종과 피부색은 다르더라도
자식 사랑 부모 마음 한결같음에
뚱뚱하고 검은 그 소녀 어머니
만나지는 못하나 마음속으로
많은 위로 보내며 마음 함께 해 보네!

하늘 법(法)

세상 법은

말의 표현과 행동이
객관적 인식
행위의 확실과 물증을

증명할 수 있어야
규제가 주어지지만

하늘 법은

소리 없고 행동 없어도
사고(思考)의 옳고 그름에 따라
영혼을 규제하고 속박하지!

땅에서 맺지 못하면
하늘에서도 맺지 못한다 하셨거늘
세상 죄가 하늘에 가면
모두가 사면될까?

이곳 지옥처럼 살면서
하늘 천국 고대하면

천국의 문 활짝 열어
나를 반겨 주실까?

어머니(1)

소복을
즐겨 입으시던
우리 어머니

삼복 따가운 햇볕 아래
무성하게 자란
콩밭이랑 속에서

허리가 아프신
우리 어머니는
무릎으로 기면서
풀을 뽑으시면

어머니의 흰옷엔
흙투성이가 되고

온몸과 얼굴엔
흙먼지와 땀이
범벅이 되셨지!

그 모습 너무나
안타까워
쉬어가면서 하시란
자식 말에

죽으면 썩을 살
아껴서 무엇하냐고
온 얼굴 흙투성이
웃음 지으시던 그 모습

지금도 꿈속에서
불효자를 울립니다.

생을 달리하신지
반백 년이 넘어도

불효자의 마음속엔
언제나 계시고

포근한 그 품속이
그리워만 집니다.

어제, 오늘, 그리고 내일

수많은 어제가 쌓여
추억의 깊은 강 흐르고

헤일 수 없는
내일의 기다림은
자욱한 안갯속

오늘은
어제를 보내고
내일을 맞는

과거와 미래의
환승역

오늘의
고통과 분노

추억 속에
괴로운 출렁임

기쁨과
감사함으로

오늘을
보냈다면

기억 속의
어제는
행복했던 시간

오늘의 삶을
최선 다해
보냈다면

뒤안길 돌아보면
흐뭇한 웃음

다가올 내일을
마중하는 마음은

설렘 속에 기다리는
희망 꽃송이!

여행길 (1)

새벽마다 떠나는
일상(日常)의 여행길

집을 나서기 전
가져갈 준비물

웃음 한 봉지
미소 한 줌

다정한 말 한 줌
사랑 한 봉지

억지와 편견
부정과 오기 오면

모조리 쓸어 담을
튼튼한 빈 봉지 하나

떠나는 여행길
기분도 상쾌하다

맞은편 차량 행렬
끝없이 이어지고

휘황찬란한 빛
전조등 꽃밭

오늘도 기쁜 하루
손 흔들며 지나가고

아무리 바빠도
조심해 가라고

앞서가는 차량
빨간 불 비춰주네!

여행길 (2)

*허리 안개 자욱한
새벽 여행길

아름다운 꽃과 나무
나 오기를 기다려

서둘러 찾아가
두 손으로 *애만 지고

건강한지 허약한지
사랑 담아 *톺아보며

꽃잎과 새순들
*낫낫함에 감동한다

*깜냥이 옛만 못해
*난든집 어우르며

힘에 겨워 지칠 때는
갓길 옆 작은 꽃에

미소 웃음 사랑 주며
향기 담뿍 받아오고

푸른 잔디 융단 위
*넉장거리 행복 속에

*꽃구름 쳐다보며
휴식을 취해 본다

아름다운 이 자연
모두가 나의 것

*애면글면, *애오라지
주신 은혜 감사하며

꽃과 나무와 동고동락
나의 천직 *동산바치!

---

*허리 안개 : 산 중턱을 에둘러 싼 안개
*애만 지다 : 사랑하고 소중하게 여겨 어루만지다.
*톺아보다 : 샅샅이 더듬어 뒤지면서 찾아보다.
*낫낫하다 : 사물의 감촉이 몹시 연하고 부드러움.
*깜냥 : 지니고 있는 힘의 정도
*난든집 : 손에 익은 재주.
*넉장거리하다 : 네활개를 쫙 벌리고 뒤로 벌떡 자빠지다.
*꽃구름 : 여러 가지 빛을 띤 아름다운 구름.
*애면글면 : 약한 힘으로 무엇인가를 이루려고 온갖 힘을 다하는 모양.
*애오라지 : 마음에 부족하나마 그저 그런대로 넉넉지는 못하지만 좀.
*동산바치 : 원예사.

영과 육

험난한 세상
하루가 지날 때
벽두부터 싸이는
피로와 ‘스트레스’!

고왔던 아침의
아름다운 마음은
점심도 가기 전에
갈가리 찢기고

부글거리는 이리가
양의 가면을 쓰고
먹이를 찾아
웃음을 보낸다

먹기 위해 유혹하고
먹히지 않으려고
발버둥 치는

처참한 생존경쟁의
무서운 전쟁터!

영과 육이 혼합된
우리 인생은

양쪽의 갈등에서
갈피 잡지 못하고
이쪽저쪽 헤매다
지쳐 버리고

힘 다해 육의 욕심
눌러 보지만

오뚝이처럼 일어나는
얄미움 때문에
쓴웃음을 지은 적이
한두 번이었던가!

어찌 보면 영과 육은
동전의 양면
육을 보는 영의 깨우침은
성령의 힘!

그래서 사도 바울도
매일 죽노라 했던가!

예전엔 몰랐습니다.

홀로 걷는 발자국마다
소복소복 쌓이는
삶의 아름다운 모습으로
주님이 인도하셨음을
예전엔 몰랐습니다.

밤하늘에 반짝이는 별들의
아름다운 사랑의 밀어도
주님이 저에게 주신
마음의 신비였음을
예전엔 몰랐습니다.

터질 듯 아픈 가슴
혼자 안고 방황하던
철없던 그 시절도
주님이 주신
사랑의 채찍인 줄
예전엔 몰랐습니다.

모진 삶의 고통 속에서
피할 길을 주시면서
저와 함께 계셨음을
예전엔 몰랐습니다.

황혼의 빛을 받으며
풍족하지는 못하나
행복 속에 사는 것도
주님이 주신 선물인 줄
예전엔 몰랐습니다.

외줄 타는 곡예사

외줄에 혼과 힘을
함께 담고 사는 인생!
양손에 부채 들고
기우뚱기우뚱

아차 실수하면
천 길 낭떠러지

오른손 부채 펴 흔들다
왼손 부채 흔들어

중심 잡는 발걸음은
무겁기만 한데

외줄 끝까지 가야 할 인생길
이곳에선 연습이
허용되지 않겠지!

곡예사의 외줄 타기
즐겁게 보이지만
일 초 일분 긴장
멈추지 못해

긴장의 그 순간을
외줄 위에 꽃 피우고
웃음으로 외줄 타는
곡예사처럼

외줄 위에 달랑 혼자
가야 할 우리 인생!

우리 모두 하나 되어

구원의 기막힌 기쁨은
변화된 삶과 거룩한 삶의
거대한 '나이아가라'(Niagara)

무엇을 주고도 바꿀 수 없는
영생의 슬기로움은
주님이 주신 크나큰 선물

땅끝까지 복음 전파를
명령하신 주님 말씀은
우리가 해야 할 의무와 책임!

눈을 감고 생각해 봐도
나는 위선자
직무 유기의 범법자

하루하루 절망 속에
모든 것 포기하고

주저앉고 싶은 삶을
살아가는 형제들에게

생명의 삶을 전해줄 자
오직 나인데

이런저런 핑계로
모르쇠로 일관한

나는 직무 유기자

내가 해야 할 일
대신해서 땀 흘리는

각고의 어려움 속
선교사님들을 생각하며

많고 적음의 문제보다
우리 서로 힘 합치면
십시일반(十匙一飯)이라 했던가!

우리 아가

너를 보거나
생각할 때면

심연(深淵) 속에 여울지는
사랑의 물결

어느 누가 너의 잘못
탓하는 소리

왜 그리 듣기 싫어
짜증 나는지

잘못인 줄 알면서도
부리는 억지 편견

잘못마저 밉지 않아
예쁘게만 보이고……

강산이 두 번 변한
긴 세월 속

한 식구
한울타리

아가야 너도
불혹을 훨씬 넘어

반백 줄에 들었구나!

우리 어머니(2)

매서운 삭풍이
문풍지 흔들던 날
따뜻한 아랫목은
자식들 재우시고

차디찬 윗목에서
등잔불을 벗 삼아
해진 옷 기우시며

침전된 깊은 시름
한숨으로 토하시고

자그만 앞치마는
눈물의 수건 되어

떨어지는 눈물이
앞치마를 적시네!

층층시하 맏며느리
맘 놓고 한숨마저
쉴 수 없기에

아무도 보지 않는
고요한 이 밤

누구에게 보내셨을까
응어리진 하소연을!

이런 친구와 같이 있었으면 좋겠다

험한 고갯길을
힘겹게 오를 때
등 다독이며
조금만 올라가면
정상이 보인다고

힘과 용기를 넣어주는
이런 친구 있었으면 좋겠다.

세상 고난 모두가 내 것처럼
지쳐있는 나에게
안개처럼 포근하게
눈빛 줄 수 있는
이런 친구 있었으면 좋겠다.

목욕탕에 들어가
등 서로 밀어주며
도토리 키 재던
그 시절 회고하며

주름진 얼굴에
웃음 가득 안겨주는
이런 친구 있었으면 좋겠다

찾아가기만 해도
왜 왔는지를 알아차려
손사래 저으며
능청 떠는
이런 친구 있었으면 좋겠다

인생길

행복으로 가는 길 찾아
산 넘고 강 건너

이리저리 헤매다
찾은 길이 가시밭길

발길 되돌려
가 보는 다른 길은

돌 많고 험난한
힘든 자갈길

가시에 찔리고
돌부리에 채인 상처

아픔 안고 걸어가는
숙명의 이 길은

마지막 떠나는
황천길까지

알 수 없고 볼 수 없어
안타까운 인생길!

인생무상(人生無常)

시커먼 먹물보다 내 속이 더욱 검어
양심 속 끼어있는 얼룩진 찌꺼기들
그것이 쌓이고 쌓여 댓진처럼 굳어서

맑은 물 채워놔도 까맣게 우러나고
인생길 아귀다툼 살아온 몸부림이
세월이 한참 흘러서 부질없음. 알겠네

더불어 사는 삶이 어여쁜 미덕인 줄
배려의 아름다움 까맣게 잊은 채로
남들은 어찌 되거나 내 생각만 했었지

응달이 양지 되고 양지가 응달 되듯
인생길 변화무상 영원함 없다는 걸
나이테 칠십을 넘어 인제서야 알겠네!

자매님

8년을 하루처럼
복음의 멜로디
가슴속 깊은 곳에
넘쳐 흘러서

빨간 보혈의 흐름
그윽하고 온화한
주님 사랑의 향기

옆을 스칠 때마다
은은한 달빛처럼
마음 구석구석 젖어드는
감동의 기쁨!

봄바람에 흩날리는
상큼 속에 아름다운
자매의 모습

자매님 당신은
샛별처럼 빛나는
주님의 딸입니다.

자명종(自鳴鐘)

비몽사몽에
들려오는
저승사자 목소리

어김없이 새벽마다
나를 부르고

마음은 잠을 깨우나
눈꺼풀은 천근!

감겼던 눈 뜨는데
하루의 일과가 번복(飜覆)되고

일어나는 내 모습
억지춘향이!

자연은 어머니 품속

동토 속에서 생명을 잉태하고
눈 헤집고 곱게 피어나는
복수 초 노란 꽃망울

철이 이르나 늦으나
어김없이 피우는
화려한 꽃동산의 향연은
자연이 보내주는 사랑의 선물

싱그러운 오월의 푸름은
우렁찬 동맥의 맥박소리
넘치는 우리들의 기상

녹음방초 우거진 칠 팔월
덜 달달 흐르는 시냇가의 맑은 물
새들의 지저귐과 매미들의 노랫소리
듣고 또 듣고 싶은 자연의 합주곡

풍요로운 결실의 계절 오면
가득가득 쌓이는 창고 속의 곡식들
온 식구 기쁨 속에 누리는 행복은
자연이 내리시는 위대한 헌신

우거진 숲 속 맑고 창연한
향기로운 바람은
그 속에 머무시는 어머니 깊은 사랑

자연 속에 모든 것
섬세함과 아름다움
꿈에도 못 잊는
따뜻하고 온화한 어머니의 품속!

폭우 내리던 밤

섬광이 번쩍이며
하늘을 쪼개고

요동치는 천둥은
땅을 함몰시키는

혼돈의 밤

동공 속 뿜어내는
격분의 파란 불 섬뜩한데

내리 밀리는 골짜기 토사가
벌판을 휘덮고

쌓이는 돌과 모래 위에
순간순간 비추는

도깨비, 불!

장미꽃밭

창살로 엮인 울타리 안은

여인 천하

노랑, 분홍, 빨강
검붉고 또 새하얀

피부색 각기 다른 여인들이
오순도순 모여 사는 곳

발랄한 웃음과
아름다운 미소

주체 못 할 요염함이
솟구쳐 오르는 분수(噴水)

눈 감아도 코를 간질이는
매혹스러운 향

담장 틈 사이로 팔을 뻗어
한 여인 꺾으려다

가시에 찔린 손등에
맺힌 붉은 꽃망울!

붉은 장미 낙화

저것

내 심장 깊은 곳에서
온몸 휘돌던

붉은 피

여기

저렇게 방울방울
떨어져 있네

그윽한 대지
모태의 품속 안겨서

쌔근쌔근 동요 같은 숨소리
천사처럼 그렇게 잠들었네

갈 곳이 없구나.

나무 위 오르자니 잡을게 빈약하고
벼랑을 넘자 하니 발 디딜 받침 없어
걷는 길 진흙탕 속에 허덕이며 서 있네.

오른발 빼고 나면 왼쪽 발 빠져있고
수렁 속 깊은 곳에 사력을 다하지만
아픈 맘 쓰린 가슴의 무게마저 힘겹다.

주는 사랑 받는 마음

한 줌 보낸 사랑
내리는 소낙비

아름다운 붉은 장미
꽃잎 다 지고

흰 백합 고운 향기
허리 꺾여 숙였네!

서리 맞은 한 다발
물망초의 처량함

보낸 사랑 한 줌
돌고 돌아 미움 한 줌!

지성(知性)에서 머물면 영성(靈性)은 자라지 못한다

지성은

사물을 개념으로 생각하거나
객관적으로 인식하고 판정하는 오성적 능력

영성은

우리의 삶을 영적으로 영위하는
오감에 하나 더 특별한 영감(靈感)

우리에게 주신 신성한 능력
비물질적 실재들을 믿는 것

지성에서 바라보면
허무맹랑한 영성 세계

영성에서 바라보면
보이지 않는 실체들!

지성은 마음의 평안을 주지 못하나
영성은 소망의 삶을 안긴다.

"믿음은 바라는 것들의 실상이요
보이지 않는 것들의 증거"라 말씀하셨던가!
(히11: 1)

청춘의 덫

청춘
그대들은
무엇을 원하고 있는가

출세하고 싶은가
부자 되고 싶은가

당신들이 바라는 그 꿈
그것을 향해 돌진하라

한 발짝 나가면
한 발짝 앞에 있고

열 발짝 나가면
열 발짝 앞에 있으리니

콩 심은 데
팥 날 리 없고

팥 심은 데
콩 날 리 없듯

꿈 심은 데서
좌절 나오지 않고

오직 꿈의 새싹
두 팔 벌리고
싱그럽게 피어날 것이다

우리 인생 그 젊음은
한번 가면 올 수 없고

젊어 놀면 노는 만큼
나이 먹어 후회 오니

언제나 정신을 깨워서
향락의 유혹을 물리쳐
청춘의 덫을 슬기롭게 넘겨라

농부가 힘든 일 참으며
허리 휘게 일함은

가을에 알찬 수확
꿈 이루기 위함이듯

꿈을 위해 쏟은 피땀
반드시 응보 오나니

청춘들이여
꿈을 심고 키우기 위해
부단한 노력을 쏟아라!

당신 출근길

현관문을 열어주는 내 맘
천근 납덩이

못난 남편 만나
칠십이 넘도록

구정물에 손 담그면서도
해맑은 웃음의 참뜻은

그래도 당신을 사랑해!

깊은 가슴속 꽃 피는 당신 미소

바보스러운 나를 질책하면서
미안함으로 서리는 고독!

파도

파도는 인생 억겁
수 없이 몰려오고

가쁜 숨 돌리기 전
쉴 틈도 주지 않고

휘말려 몰려오는
저 굽이굽이 인생길

때로는 감당 못 할
큰 파도 밀려와

죽을힘 다하여
간신히 살아나면

방심은 금물이더라
더 큰 파도에 휩싸여

들숨 날숨 없어
눈멀고 귀먹어서

수평선 바라보며
잔잔하길 기다리네!

팅커 벨(Tinker Bell)

민들레 홀씨가
바람에 날려

요정의 나라
네버랜드에서

어여삐 탄생한

보석 같은 팅커벨

본토 가고 싶은
꿈을 이루어

인간 세상에 내려온
우리 아가는

샛별 같은 팅커벨!

투명한 은빛 날개
접었다 펼 때마다

날다가 쉬는 곳에
쏟아지는 금빛 가루

지친 몸 아픈 가슴
웃음꽃 피워주고

바라만 봐도
행복을 안겨주는

우리 아가는

요정 팅커벨!

창공

젊은이들이여
꿈을 펼쳐라

저 푸른
창공만큼이나
넓고 높은 꿈을!

그대들의 꿈을
방해할 자
아무도 없으니

그대들은
독수리 날개 달고
솟구쳐 오르기만 하면

드높은 창공의 꿈은
오직 그대들의 것

좁은 세상만을 보고
탓하지 말고

심연(深淵)의 눈높이 키우고
날개 저어 올라갈
힘을 기르라

그 힘은
누가 주는 것 아니고

오직 그대들의 가슴속에
응고된 마음의 집합(緝合)에서
나오는 힘이니

신념 하나로
초지일관
창공을 날고 싶다면

그 높은 이상의 꿈을
그대들의 가슴속에
잠재우지 말기를……

하나님

마실 물도
빛도 없는

바람만이 세차게
부는 언덕에

발가벗은 나무처럼
거기 저를 세워 주소서

천지를 창조하신
하나님의 크신 뜻

우주를 주관하시는
하나님에 은혜로움

독생자를 보내셔서
우리 죄를 사하신

가없는 하나님에
아픈 사랑을

가슴 깊이 느끼고
회개할 때까지

말씀 한 자 한 획마저
감동의 눈물 마르지 않게

강건한 믿음이 생길 때까지
저를 거기 세워 주소서

목마른 저의 입술
말씀으로 적셔 주시고

빛이 없는 이 몸을
믿음으로 비춰 주소서

행하신 모든 기적
확신으로 심어 주시고

세상 모든 생활 속에
주님 찬양 하면서

영광 빛 받을 때까지
그곳 저를 세워 주소서!

–아멘–

하나님의 짝사랑

구름 한 점 없는 맑은 하늘
그 창공

출렁이는 은혜의 물결 속
감미로운 주님 사랑이

손짓하며
부르고 계신다.

언제나처럼
너에 대한 내 마음은

오늘도 변함없이
사랑을 보내노라

반응이 메아리 되어
다시 온다 해도

나는 또다시
너에게 사랑을 보내리니

언제까지나 언제까지나
대답 없어도 너를 사랑하리라

영영 내 곁에서
내 사랑을 모른다 해도

너에게 보내는 사랑은
멈추지 않으리!

기쁘고 즐거웠고
아프고 슬픈 일

너와 함께 웃고 슬퍼하며
연민의 정을 보냈노라

내 생명과 바꿔서
얻은 너이기에

오늘도 이렇게
사랑을 보내고 있으리!

하시엔다(Hacienda)의 밤

석양은 산 너머
숨은 지 오래

짙게 깔린 어둠 위에
초롱 한 별들의 반짝임처럼

꼬리를 물고 몰려오는
그리운 추억들

별빛 사이사이 숨바꼭질

가고 싶은 고국산천
까만 어둠 타고 산 넘어오고

그리운 얼굴들
환한 미소로 나를 찾는 밤

안개처럼 피부를 감싸는
향수의 편린(片鱗)들이

하시엔다 깊은 어둠 속에
빠져 흐르고 있다.

---

* Hacienda : 캘리포니아에 있는 도시 이름.

활 화산

무겁게 짓누르는
하늘을 바쳐서이고

태곳적 눌러앉은
크고 작은 봉우리들

수억 년 기나긴 세월
우리 곁을 지켰나

깊은 골 주름마다
무심한 세월 흔적

그 잘난 인생살이
아귀다툼 모습 보며

울분과 노여움조차
침묵 속에 숨기어

가슴속 묻어 놓은
맺힌 한 너무 많아

억누른 울부짖음
솟구쳐서 불을 뿜나

마그마 흘러 흘러서
굳어지는 저 모습

혹한의 두 얼굴

해발 2,730m
높다란 산 위에 오르면
흰 눈이 소복이 쌓여 있고

눈썰매, 스키 타는
겨울을 만끽하는 낭만들……
너무 추워 장갑 낀 손 시리다 못해
아려오는 손가락

산 밑에 내려오면
노천 딸기밭
새빨간 딸기가 나를 반기고

이쪽저쪽 눈에 보이는 곳
온갖 꽃들이 웃으며 손짓하는

내가 사는 이곳은
신(神)의 축복 받은 아름다운 곳!

사십 분 가면 한적한 해변
그곳에선 겨울에도
해수욕을 즐기고

윈드서핑 애호가들
파도타기 여념 없지!

높은 산에 오르지 않고는
계절의 감각이 느낌으로 무디고

높은 산 바라보며 흰 눈 보이면
겨울이 왔음을 감지하는

어찌 보면 변화에 무색해 버린
인정마저 메마른
퇴보의 길로 가는 것은 아닌지.

그리움

함께 있어야
사랑이 살찌고
떨어져 있다고
잊히지 않겠지?

멀리 있으면서
그리움을 더하고
그토록 고왔던 사랑
훼손되지 않도록

시간과 공간 사이
사랑의 자수 놓아
무형의 사랑이
무언으로 전해지는

영혼 속에 맴도는
안타까운 기다림은
시간이 지날수록
가슴에 쌓이겠지!

마침표

지난 생 모두 담아 버릴 곳 찾으려고
고향 땅 찾아와서 잎이 진 나목 사이
하얗게 덮인 눈길을 하염없이 헤맸네.

매서운 엄동설한 찬바람 야멸치고
옮기는 자국마다 속울음 고인 눈물
낙엽 속 깊은 곳으로 슬픈 미소 감췄지

얼마를 살아갈지 알 수는 없겠지만
나머지 삶에 미련 버겁고 귀찮아서
연어의 모천회귀에 낙인찍는 마침표!

장미

저 붉은 꽃

차라리 몸부림
처절한 생명에 울부짖음!

제 살점 여미어
섬섬옥수 수놓아

남은 정열 다하여
붉게 태우고

그 속에 생명은
꺼져 가지만

황홀하고 찬란한
영혼의 기쁨은

맺히는 열매 속에
고이고이 잠든다

내 이렇게 살다 죽더라도

내 이렇게 살다 죽더라도
당신을 사랑하다 죽겠노라.

못내 잊지 못한
애절한 마음에 상처도

사나이 아픈 가슴을
보듬어 안지 않더라도

이렇게 외로운 채
꺼질 때까지 그리워하리라.

사랑할 수 있는 사람이 있어
감사하게 생각하노라

나 오늘도
당신이 있기에

감사하는 마음으로
사랑을 보내노라.

당신에 큰 자리

색소폰 소리
고요한 정원 뜰을 휘감고
살구 잎도 흐느끼며
조용히 울린다.

내 마음 구석구석
저리도록
어루만지며
그리움으로 색칠한다!

당신 없는 이 자리엔
황막하고 공허한
음악만이 가득하다

때로는
마음 아프게도
고요다움 속에 요동도 줬지만

그것이 못내 그립고
아쉬운 것은
색소폰 때문일까

졸고 있는
복사 잎의 푸름 때문일까

역시 내 맘속엔
당신이 주인인가 봐!

우리 장모님

우리 장모님은 삼복에 정점 썩어가는 발과의 씨름 마지막 생의 이승과 저승을 넘나드는 고결하고 숭고한 성스러운 삶에 투쟁! 너무 힘겨워 입을 다물만한 힘도 없으신가? 이 생에서 마지막 맑은 공기 흠뻑 마시려고 그렇게 입을 벌리고 계신가! 초점을 잃어버려 눈이라 하기엔 제구실을 못 한다. 이 삼복에 땀방울 하나 흘리지 않고 육신마저 조용한 채 그렇게 며칠을 투쟁하신다. 생전에 못다 한 미련에 대한 투쟁일까 남아있는 자식들 못 잊어 발걸음을 떼지 못하시는가? 살아생전 호강 못 한 보상 요구의 투쟁이신가! 놓으소서 훌훌 털고 강 건너시면 장모님을 맞이할 장인어른이 기다리십니다. 부모님께서 기다리십니다! 오색영롱한 꽃밭에서 양털 같은 초원에서 장모님 모실 천국이 오시기만을 조용히 기다립니다!

별

할아버지는 별이 셋 있단다. 소람별 소정별 재용별 어느
빛보다 어느 보석보다 더더욱 반짝이는
별 셋이 있지. 그중에 제일 큰 소람별 눈에 넣어도 아프지
않을 소람별은 할아버지의
사랑 덩어리 바라보고 있어도 자꾸 보고 싶고 안아주고 있
어도 언제까지나 안아주고 싶은
너만 보고 있으면 세상근심 하나 없고 마음속 아지랑이 사
랑 속에 꽃핀단다. 건강하여라 행복해라! 그래서 할아버지
를 기쁘게 해다오.

당신

사랑하리라
햇살에 반짝 이는
아침이슬 방울보다
더더욱 영롱한
당신이기에

사랑하리라
세상 어느 꽃보다
더더욱 아름다운
마음에 꽃이었기에

사랑하리라
기쁨과 슬픔도 함께하고
외로울 땐 친구 되어
양털처럼 포근한 마음으로
수많은 날을
보듬어 주었으니

그래서 당신을 사랑하노라
우리는
어려움 속에서 화려했고
화려함 속에서
더더욱
사랑을 키워갔지!

사랑하노라
황혼의 문턱에서
지는 해를 바라보며
오색의 노을처럼
황홀하고 화려하게

사랑하리라
사랑하리라
당신을 사랑하리라.

추억이 머문 자리

내가 잠깐 왔다
쉬었다 간
추억이 머문 자리

그 흔적을
나를 아는 사람들은
기억하겠지

그 자리엔
사랑을 염원하는
기원의 발자국이
머물다 간 자리라고!

풀 한 포기
나무 한 그루
머물매 뜻을 새겨

소원과 정성 쏟으며
흔적 남기기를 주저하지 않았다.

어찌하랴!
이것이 운명인 것을
떠나면 그만인 것을
왜 이토록
아픔 속을 헤매나!

못다 이룬 미련 때문이더냐
무상(無常)한 것
뜬구름처럼
잠깐 머물다 가는 것을……

발자국에 담긴 추억

김화영 시집

초판 1쇄 : 2016년 3월 15일
지 은 이 : 김화영
펴 낸 이 : 김락호
디자인 편집 : 이은희
기 획 : 시사랑음악사랑
인 쇄 : 청룡
연 락 처 : 1899-1341
홈페이지 주소 : www.poemmusic.net
E-Mail : poemarts@hanmail.net

정가 : 10,000원

ISBN : 979-11-86373-31-6